2012 Comienzo del Fin.

Según las predicciones de los Mayas, una antigua comunidad que existió en el territorio de México, el año 2012 sería el fin de la tierra. Pero ese año pasó y nuestro planeta siguió su recorrido imparable alrededor del sol. Sin embargo; el 26 de mayo de ese mismo año, ocurrió un horrendo suceso en la ciudad de Miami que sin ser sospechado por los seres humanos, marcó el posible comienzo del final de la raza humana.

Un hombre de 31 años, de descendencia Haitiana, atacó a otro de 65 y casi le comió el rostro. Gracias a la oportuna intervención de la policía, el caníbal no logró devorar a su víctima.

Luego de las investigaciones hechas por los detectives que atendieron el caso, se dio a conocer a la población que el nombrado caníbal estaba bajo los efectos de diferentes drogas; las cuales, según lo dejado saber a los medios de comunicación, fueron las causantes de la agresión.

Tony Taylor, un general del ejército de los Estados Unidos, quien estaba encargado de un programa experimental para el desarrollo de la capacidad física y muscular de un grupo de militares, a los que le suministraban diferentes sustancias y medicamentos; al enterarse de ese acontecimiento, solicitó al alto mando de las tropas que le permitieran, con suma discreción, llevar a cabo todo el proceso de investigación de dicho caso.

El general no solo pasó a controlar todo lo concerniente al caso del caníbal de Miami; sino también le dejó saber a los medios de comunicación solamente una parte de las sustancias consumidas por el agresor. Otras sustancias que no eran la marihuana, el éxtasis, la cocaína o la conocida como sales de baños, encontradas en el cadáver del caníbal, que fueron las principales causantes de la actitud del agresor, como las anfetaminas, no fueron dadas a conocer a los periodistas y se mantuvieron bajo estricto control y secreto.

Algunas de estas sustancias fueron añadidas a otras, para elaborar una poderosa fórmula que haría a los soldados que participaban en el programa, hombres con mayor preparación física y una fuerza descomunal; una especie de Hércules modernos.

Tony llevaba varios años al frente de todo el proyecto y hasta ese momento solamente había logrado pequeños avances; por lo que ambicionaba a toda costa tener lo más rápidamente posible los resultados que sus superiores esperaban y le exigían. Hasta que al fin una poderosa fórmula vía oral fue creada por los científicos participantes en el programa.

La poderosa fórmula fue probada con éxito en algunos animales. Pero los científicos no se atrevían aún a suministrársela a los soldados; ya que no querían tener ninguna duda sobre los posibles efectos colaterales que podían dejar la misma. Por su parte el ansioso general, ignorando las palabras de los investigadores, citó a sus superiores para una exhibición donde iba a probar los grandes resultados de su programa.

A finales de ese año, en un centro militar de alta seguridad, se llevó a cabo la exhibición. En la misma, el general Tony le dio a consumir a uno de los soldados bajo su mando, la nueva fórmula creada para que éste fuera sometido a varias impresionantes pruebas. Primeramente fue golpeado brutalmente por algunos de sus colegas con diferentes objetos de madera y metal; posteriormente se le ordenó levantar equipos superpesados que se encontraban en el área: como vehículos militares, grandes armamentos y otros objetos que le serían imposible levantar a un simple mortal.

Las pruebas fueron pasadas satisfactoriamente y el alto mando estaba muy satisfecho y contento con los resultados alcanzados por el grupo de Tony. Pero el general lleno de ego quería más y solicitó una última prueba no prevista en la exhibición.

El soldado dopado tendría un enfrentamiento cuerpo a cuerpo con veinte de los mejores militares presentes que acompañaban al alto mando. El combate no se hizo esperar y en menos de un minuto el nuevo Hércules derribó a todos sus rivales.

La audiencia estaba más que impresionada con el increíble Hércules. Pero de repente el rostro del soldado dopado comenzó a transformarse; sus ojos se pusieron rojos como la sangre, unos enormes colmillos semejantes a los de los grandes felinos aparecieron en su boca y de sus manos brotaron unas afiladas garras. Todos los presentes quedaron paralizados al ver a la monstruosa transformación; que sin dar tiempo a reacción alguna, se precipitó sobre uno de los soldados derribado y luego de propinarle una mordida mortal en el cuello, comenzó a devorarlo.

Uno de los generales del alto mando ordenó disparar a matar al monstruo. Más de veinte disparos fueron necesarios para darle muerte al supuesto soldado del futuro del ejército de los Estados unidos.

La exhibición que en un comienzo pareció ser un gran éxito, se convirtió en un rotundo fracaso. Finalizada la misma, el alto mando del ejército tomó la decisión de suspenderle todo el apoyo al programa y dar por terminadas las funciones del general Tony en el mismo.

Días después, el general Taylor desapareció sin dejar rastro alguno y misteriosamente el local donde los científicos trabajaban fue incendiado; perdiéndose todas las sustancias con las cuales se elaboraban la fórmula para la creación de los Hércules o monstruos.

El 2012 finalizó y pasado los primeros meses del nuevo año el alto mando del ejército tenía nuevos proyectos que atender; por lo que la desaparición del general Tony Taylor fue quedando en el olvido. Pero la luna y el sol, celosos guardianes de la tierra y tal vez enamorados ocultos de la raza humana, sabían que los hombres iban a estar en peligro de extinción en los años siguientes.

El primero de mayo del año 2013, el sol desprendió varias destellos de luz en forma de pequeños meteoritos, que de acuerdo a lo observado por los lentes de la NASA no cayeron en la tierra. Sin embargo, uno de esos radiantes meteoritos en forma de luz se hizo invisible a los poderosos lentes de los científicos y cayó cerca de las costas de la ciudad de Miami en la Florida; donde una rústica embarcación naufragaba.

Unos pescadores que se hallaban cerca del lugar, observaron sorprendidamente como una pequeña embarcación, envuelta en una especie de luz celestial, se les aproximaba y al chocar con su yate el brillante escudo protector que custodiaba al naufrago se desvaneció. En el interior de la balsa, confeccionada de varias gomas de camión entre otros materiales, se encontraba un pequeño niño de aproximadamente dos años de edad, con un cabello tan rubio como los rayos del sol y una luz en su cuerpo que casi cegaba.

Los pescadores emocionados con el tremendo hallazgo, lo introdujeron en el yate y rápidamente se dirigieron hacia tierra firme para entregarle el niño a las autoridades.

Por su parte la luna, casi al mismo tiempo que el sol, también desprendió unos misteriosos polvos de su suelo en forma de luz, que se dirigieron justo a un punto de la zona fronteriza entre Estados Unidos y México, en San Diego, California.

Una pequeña patrulla uniformada de agentes Norteamericanos, que se encontraban por ese lugar, divisaron la extraña luz en un claro de su territorio y al arribar a la misteriosa iluminación hallaron a un niño, de también aproximadamente dos años, con cabellos tan negro como la noche.

Los dos niños, uno de procedencia Cubana y el otro Mexicana, encontrados fortuitamente, fueron entregados a las autoridades; quienes por falta de alguna reclamación familiar de los

infantes, debido a que sus padres protegiéndolos
habían perdido sus vidas durante la travesía,
decidieron entregarlos al sistema de adopción
del país.

Los pequeños permanecieron por casi tres
años en el sistema de adopción, donde
"casualmente" fueron adoptados por dos
amorosas familias de la ciudad de Nueva York.

Pasaron dieciocho años y ambos niños, ya
jóvenes, estudiaban "casualmente" en la
universidad de Columbia en Nueva York.
William, nombre que los padres adoptivos le
habían dado al niño encontrado en las costas de
Miami, era un joven muy popular en la escuela
por su cabello rubio como el sol y sus habilidades
con los deportes. Mientras que David, quien fue
hallado en las fronteras de California, tenía cierta
inclinación hacia lo gótico.

Ambos a pesar de cursar el mismo nivel y de
coincidir en varias clases, no tenían una buena
relación de amistad; ya que sus gustos y
preferencias eran muy diferentes. Pero en lo que
si ellos coincidían era en la rivalidad que
mostraban por conquistar el amor de Melissa,
una hermosa joven de pelo rojo que cursaba el
mismo nivel que ellos.

Melissa sentía un profundo cariño hacia David,
quien la hacía reír con sus vestuarios y sus
maquillajes góticos y fundamentalmente por la
sincera amistad que éste le brindaba; sin
embargo su corazón le pertenecía a William, el
cual la adoraba y vivía celoso de las contantes
visitas de su rival.

La joven en muchas ocasiones tuvo que frenar
posibles enfrentamientos entre su novio y su

amigo, quienes claramente mostraban el odio que sentían uno del otro y Melissa quien se encontraba en el medio del amor y de la amistad, quiso hacer un último intento por unir a ambos; citándolos, sin que ellos lo supieran a su casa, junto con otro compañero de estudio, llamado Cory, para realizar en conjunto un trabajo de la escuela.

El día y la hora de la reunión de los cuatro jóvenes fue pactado por Melissa, que "casualmente" iba a coincidir con la fecha en que la ciudad y los ciudadanos de Nueva York tendrían su peor pesadilla.

Días antes, el olvidado general Tony Taylor increíblemente sin haber envejecido y mostrando un físico con un gran desarrollo muscular; reapareció y trató de comunicarse con los miembros del alto mando del ejército del país, para mostrarles y venderles la fórmula reelaborada por él y otros científicos, que ayudaría a las tropas Norteamericano a tener los soldados más fuertes del mundo.

Todavía en las altas esferas del ejército era recordado el gran fracaso del proyecto del general y el horrible suceso en que un militar casi había sido devorado por el supuesto soldado del futuro. Debido a eso los jefes de las tropas se negaron rotundamente a escucharlo.

Tony tras su fracaso se había convertido en un hombre sin escrúpulo y sediento de poder. Por lo que al sentirse rechazado por sus antiguos jefes; los amenazó con crear el caos en la ciudad de Nueva York sino apoyaban nuevamente su proyecto y lo nombraban como general al mando de las tropas.

El alto mando no hizo caso a las palabras del general; pero éste no estaba jugando y el mismo día en que los jóvenes estaban haciendo el trabajo de la escuela, cientos de soldados Hércules salieron a las calles de Nueva York y obligaron por la fuerza a ingerir una sustancia líquida a miles de transeúntes, quienes se fueron convirtiendo en monstruos hambrientos de carne humana y comenzaron a atacar y a comer a la población de la ciudad.

A la misma vez de los ataques, súbitamente el cielo comenzó a oscurecerse. La luna se interpuso entre el sol y la Tierra, ocurriendo un inesperado eclipse solar.

Uno de los monstruos caníbales se introdujo en la habitación donde los cuatros jóvenes estudiaban y hambriento de carne humana, se precipitó sobre Melissa. Mientras que Cory quedaba prisionero del miedo, William y David al ver que la horrenda criatura iba a atacar a su amada; se lanzaron a protegerla y formaron un escudo protector con sus cuerpos.

Al tocarse los cuerpos de los dos jóvenes, sucedió algo inesperado. De repente el sol y la luna brillaban de tal manera que no se podía distinguir cual era uno u otro y William y David se unieron como una sola persona, con súper poderes donados por los dos astros.

El poder del nuevo súper héroe era increíble; quien en forma de luz y con una velocidad insuperable se fue trasladando hacia los monstruos caníbales. Uno por uno, al ser tocados por la luz que envolvía al súper héroe, se volvieron a transformar nuevamente en personas normales.

Una vez que las calles fueron limpiadas de caníbales, el misterioso héroe se apareció en frente de los cientos de Hércules; los cuales por orden de su general trataron de golpearlo con todas sus fuerzas. Pero el súper héroe era inalcanzable; con su brazo derecho golpeaba tan fuerte como un rayo y en su brazo izquierdo tenía un escudo de sombra que lo hacía invisible.

El general Tony al ver que sus poderosos soldados eran vencidos por la misteriosa aparición, no tuvo más remedio que huir del lugar.

Derrotada toda la monstruosa amenaza, en poco tiempo la ciudad de Nueva York volvió a recuperar, gracias al misterioso héroe que fue bautizado como Eclipse, su vida normal.

William y David una vez que la ciudad estuvo fuera de peligro se separaron. Los jóvenes no podían creer lo que les había sucedido y no comprendían como la vida los unió a ellos que tanto se odiaban.

Melissa había quedado muy impresionada con la aparición del monstruo y la transformación de su novio y su amigo. Por eso los citó a ambos para encontrarse lejos de la ciudad, en una zona apartada y montañosa.

En el lugar de la reunión la joven les explicó la necesidad de que estuvieran más unidos que nunca; debido a que los monstruos podían volver a aparecer. Por lo que tenían que entender como se habían convertido en Eclipse.

William respondió que no tenía idea de como se convirtieron en el súper héroe y que ellos solo se abrazaron para protegerla e impedir que la horrible criatura le hiciera daño.

Melissa propuso que se volvieran a abrazar a ella para ver que sucedía; pero ni en esa ocasión ni en otros intentos que realizaron nada de lo esperado aconteció. Hasta que la joven recordando que la transformación había sucedido en un momento de mucho peligro; tuvo la idea de lanzarse de la montaña hacia el precipicio. Eso tomó por sorpresa a los dos jóvenes; quienes sin pensarlo dos veces se lanzaron detrás de Melissa.

La idea de la joven tuvo su recompensa; pues una vez que William y David la alcanzaron volvieron a convertirse en Eclipse.

Los jóvenes se dieron cuenta que solamente se podían unir si existía alguna situación de peligro. También durante el tiempo que estuvieron en la montaña notaron que por separados poseían algunas habilidades. William tenía en su brazo derecho una gran fuerza y cuando golpeaba con esa mano, la misma se iluminaba como un rayo de luz; además se podía mover a gran velocidad de un lado a otro. David con su brazo izquierdo podía formar un escudo de sombra que le permitía protegerse de los golpes, ocultarse y trasladarse sin ser notado.

El encuentro en las montañas de los jóvenes fue muy fructífero para lograr entender las habilidades adquiridas con la aparición de los monstruos y los Hércules. Parecía que por fin las diferencias entre William y David iban quedando atrás; pero un beso de amor dado por Melissa a su novio, en el camino de regreso, hizo recordar al joven gótico los celos que sentía por su rival.

Por su parte el general Tony, hombre que no gustaba de los fracasos, tenía un nuevo reto antes de lograr su objetivo de ser nombrado general al mando de las tropas de los Estados Unidos; encontrar y eliminar a Eclipse. Por lo que para lograr su primer paso, ordenó a sus aliados a que divulgaran en la ciudad que daría una suma millonaria a la persona que le trajera alguna información sobre el nuevo súper héroe.

Rápidamente la noticia se corrió por la ciudad y llegó a los oídos de Cory; quien solamente pensando en la recompensa que obtendría, no dudó en confesar lo que había sucedido en la casa de Melissa.

Luego de escuchar las palabras de Cory; el general dedujo que William y David harían cualquier cosa por mantener con vida a su amada y ordenó a dos de sus Hércules a que secuestraran a Melissa.

La orden fue cumplida de inmediato y una vez que Melissa estuvo en su poder; Tony le envió una nota a William y a David, dejándoles saber que tenía secuestrada a su amada. Agregando que si volvían a enfrentársele, no verían jamás a su adorada Melissa.

Al día siguiente, debido a la reiterada negación del alto mando, Tony envió nuevamente a las calles a sus Hércules; para que obligaran a la población a ingerir la sustancia que los transformaba en monstruos.

Nuevamente miles de personas se fueron convirtiendo en caníbales sedientos de carne humana, que atacaban a todo aquel que encontraban a su paso.

William y David sabían que la ciudad los necesitaba con urgencia; pero tenían que rescatar primeramente a Melissa para poder enfrentarse al malvado general. Los jóvenes se dieron cuenta que el único que pudo haber dado información sobre ellos era Cory y rápidamente fueron en su busca.

Bastaron unos cuantos golpes para que Cory dijera la ubicación del cuartel general donde se encontraba Tony y posiblemente la secuestrada Melissa. William a pesar del profundo amor que sentía por su novia, sabía que su deber era ayudar a la ciudad a detener a los monstruos y Hércules; por eso le propuso a David que fuera a rescatar a Melissa, mientras que él se enfrentaba a los atacantes.

David aceptó la propuesta de William y utilizando su escudo de sombra y moviéndose sin ser visto por los soldados del general, se introdujo en el cuartel y logró rescatar a la secuestrada.

A la misma vez que el rescate sucedía, William se enfrentó a los monstruos y a los Hércules. Con su poderosa derecha y sus rápidos movimientos fue derivando uno a uno a todos los atacantes, hasta que no quedó ninguno en pie.

El general ordenó a sus soldados que le trajeran a Melissa; pero estos le informaron que había sido rescatada. Tony se enfureció tanto, que mató a golpes a todos los soldados que estaban en su presencia.

Ahora el general se encontraba solo y decidido a combatir con todo aquel que se le interpusiera; se inyectó unas grandes dosis de la sustancia que convertía a los soldados en Hércules y fue a enfrentarse a William.

El general, con las últimas dosis inyectadas, alcanzó una fuerza descomunal y resistía los golpes que William le propinaba; quien se movía velozmente para no ser alcanzado por los poderosos puños de su rival. Pero en un descuido del joven, el brutal Tony logró golpearlo tan fuertemente que lo lanzó varios metros contra el suelo y aprovechó esta oportunidad para pegar repetidamente con toda sus fuerzas en el rostro del súper héroe del sol.

William ya casi iba a ser víctima de los puños del general; cuando de repente David, quien dudó en ayudar a su rival y solamente fue convencido por las lágrimas de Melissa, se apareció en el lugar.

Al unirse los jóvenes se convirtieron en Eclipse, que con todos sus poderes juntos pudo acabar con la fuerza de su poderoso oponente y vencerlo en una dura batalla. El general abatido y sin sus inyecciones, fue entregado por Eclipse a las autoridades y la ciudad a salvo de monstruos y Hércules, volvió a recobrar su tranquilidad.

Los malvados, los ladrones y los asesinos de la ciudad de Nueva York, desde ese momento no solo se tendrían que cuidar de los brazos de la ley; sino también de los puños de Eclipse.

El bien y el MAL

La ciudad de Nueva York, gracias a su protector Eclipse, había logrado recuperar su estabilidad. William y David a pesar de mantener su rivalidad por Melissa; luego de terminar sus clases en la universidad, convertidos en súper héroes, ayudaban a los agentes del orden a atrapar a los ladrones y a los asesinos.

La población se fue acostumbrando a la presencia de su héroe salvador y los bandidos, a la vez que iban disminuyendo, lo pensaban dos veces antes de cometer sus fechorías. Pero como un viejo refrán dice "Después de la calma viene la tormenta"; nuevos acontecimientos pondrán a prueba la valentía y la unión de los dos jóvenes.

El 30 de enero del año 2014, los científicos hallaron una nueva parte del cerebro humano, situada en la corteza frontal, denominada como: lateral frontal pole prefrontal cortex. Según lo descubierto por los científicos, esta nueva área es exclusiva de los seres humanos y tiene la capacidad de desarrollar pensamientos complejos.

El neurocientífico Gary Collins y su asistente el doctor Michael Brown, fueron unos de los pioneros en el estudio de la nueva parte del cerebro y desde el mismo principio analizaron e investigaron a profundidad la misteriosa zona.

En sus investigaciones los doctores encontraron la ubicación de las células encargadas de desarrollar lo que llamamos comúnmente el bien y el mal. Ese descubrimiento no fue dado a conocer por los científicos, quienes no se conformaron y fueron mucho más allá en su trabajo; al punto de crear dos microchips que les permitían bloquear a una de las dos funciones, bien o mal. Una vez bloqueado uno de los dos valores el otro se desarrollaba a gran escala.

Para que los microchips trabajaran tenían que ser insertados, haciendo una pequeña cirugía, en la zona descubierta del cerebro. Después de colocado el chip; éste transmitía unas descargas eléctricas que incrementaban los sentimientos de amor o de odio al ser humano.

El Doctor Gary no estaba aún convencido de que su invento daría los resultados deseados; por lo que a pesar de las insistencias del Doctor Michael, optó por esperar a estar el cien por ciento seguro de su creación.

Michael tenía un hijo de treinta y tres años, quien se hallaba en prisión debido a que junto con otros delincuentes, a punta de pistolas, intentó robar uno de los bancos de la ciudad. Pero la oportuna intervención de Eclipse hizo que además de que fallaran en sus propósitos, estos fueran directamente a las rejas. Razón por la cual el doctor quería experimentar con su hijo; insertándole el microchip del bien en su cerebro.

La constante insistencia de Michael hizo que Gary, sin decir nada, ocultara el microchip del bien de su asistente; dejando solamente el del mal para su estudio. Michael no supo que su jefe había guardado uno de los chip y en su desespero por hacer que su hijo fuera un hombre de bien; se llevó, a escondidas del doctor Gary y sin darse cuenta, el engendro del mal.

Al día siguiente Michael fue a visitar a su hijo en la prisión y sin que los guardias sospecharan

se las ingenió no solo para pasar el chip y lo
necesario para insertarlo en el cerebro de James;
sino también para realizar la cirugía.

James, debido al sufrimiento de su padre, había
aceptado realizarse la inserción pensando que el
microchip lo ayudaría a alejarse de las adicciones
y de las malas amistades y lo convertiría en un
hombre de bien.

En pocas horas James comenzó a notar
grandes transformaciones en su cerebro; todas
dirigidas hacia el mal. A tal punto que su primer
gran acto de perversidad fue asesinar, con sus
propias manos, a su padre. La inteligencia del
encarcelado aumentó a una escala máxima y
junto a esta su maldad. James comenzó a
anticiparse a los movimientos y los
pensamientos de los demás prisioneros, a
dominar sus mentes con tanta facilidad que estos
comenzaron a ver a su compañero de celda;
como al mismo diablo.

En un abrir y cerrar de ojos James dominaba
toda la prisión y tanto presos como guardias lo
obedecían ciegamente. La malicia del nuevo
diablo fue en aumento a medida que iba
haciendo asesinar a todo aquel que no se le unía
o se le interponía en su camino; entre ellos
varios alcaldes y oficiales del presidio.

Junto con la maldad de James, sus deseos de
dominar cada vez más a todo el mundo crecían.
Pero para lograr sus ambiciones sabía que tenía
que eliminar a un gran obstáculo, que
precisamente lo había enviado a la cárcel;
Eclipse.

James necesitaba primeramente conocer la
identidad de Eclipse; por eso ordenó a varios de

sus hombres a realizar diferentes delitos y a otros a seguir los movimientos del súper héroe. La tarea no fue nada fácil para los secuaces del diablo; ya que la velocidad y las precauciones de William y David no se lo permitían. Hasta que en un descuido de los jóvenes pudieron conocer la identidad de los mismos.

Una vez que James obtuvo toda la información sobre Eclipse, decidió enviar a una malvada joven de la prisión a la universidad donde estudiaban William y David; con el objetivo de crear una separación entre ellos.

La bellísima Jenifer de grandes ojos como la luna, piel canela y un cuerpo esculpido por los ángeles, fue matriculada gracias a las amenazas de los hombres de James; quienes mostrándole fotos de toda su familia, obligaron al director de la universidad a obedecer los deseos de su jefe.

La malvada Jenifer se presentó en la escuela como una joven sencilla, tímida e indefensa; pero muy atractiva, sobre todo para los ojos de David que iba a ser su víctima principal.

David fue siendo seducido poco a poco por la belleza y las atenciones que le daba Jenifer, quien logró que éste se enamorara ciegamente de ella.

Logrado el primer objetivo del plan; la discípula del diablo trató también de seducir al otro súper héroe. Jenifer le hacía descaradas provocaciones a William a las cuales el joven no prestaba atención. Por lo que para cumplir con sus objetivos, esperó a estar a solas en el aula con William y se aseguró de que David entrara en el momento oportuno en que ella le diera un beso sorpresa al súper héroe del sol. Seguidamente dándole una bofetada a William,

hizo creer a David que el beso se lo habían
robado a ella.

El súper héroe de la luna cegado por los celos
trató de golpear en el rostro varias veces a
William; que no tuvo más remedio que sujetarlo
fuertemente por el cuello con sus brazos e
intentar explicarle lo ocurrido. David no creyó
una sola palabra de su ahora rival y le gritó que
lo odiaba y que a partir de ese momento serían
enemigos hasta la muerte.

William, preocupado por lo sucedido, le contó
todo a su novia y ésta fue en busca de David para
tratar de alertar a su amigo sobre el
comportamiento extraño de Jenifer y de la gran
influencia que estaba ejerciendo la recién
matriculada sobre él. David no hizo caso de las
palabras de Melissa y le contestó que ya no podía
ser amigo del traidor de su novio.

Luego de haber logrado separar a Eclipse;
Jenifer, siguiendo los planes trazados por su jefe,
llevó a su víctima a la presencia de su "hermano
mayor", James.

James, quien se había apoderado de la cárcel y
la utilizaba como su cuartel general, disponía de
todos los recursos de la misma y usando dinero
sucio de los malos negocios que controlaba,
compró una lujosa mansión para facilitar no solo
su encuentro con David; sino también para que
Jenifer se adueñara aún más de la voluntad del
joven.

En la mansión James le comunicó a David que
supo lo que sucedió en la escuela, agregando que
conocía del amor tan grande que sentía su
hermana hacía él; por lo que no entendía como
su amigo había inventado que Jenifer fue quien

lo besó. Aprovechando también la oportunidad para decir que William merecía un castigo.

El malvado James necesitaba que David sintiera un odio profundo hacia William para lograr que Eclipse desapareciera. Por eso días después del encuentro en la mansión; se presentó en la escuela y empujando y ofendiendo a William hizo que el joven lo golpeara en frente de todos. Ese hecho fue definitivo en la separación de los súper héroes. Oportunidad que aprovechó Jenifer, utilizando sus encantos y el alcohol, para convencer a David a que los ayudara a darle un "escarmiento" a William.

David, quien cada día estaba más hechizado, no solo aceptó la propuesta de su novia; sino también quiso participar en la misma.

El súper héroe de la luna advirtió a Jenifer y a James, que William tenía algunos poderes que hacían imposible que pudieran vencerlo de día. Por eso David aprovechando la noche y sus poderes para no dejarse ver; se introdujo en la habitación del súper héroe del sol, mientras éste dormía, para colocarle sobre la boca y la nariz un pañuelo con una sustancia fuertemente anestesiante, que les permitió trasladarlo de su casa a la mansión y encerrarlo sin ningún tipo de luz en un cuarto.

Una vez en la mansión y amarrado el joven a un poste, en medio de una habitación, James ordenó a varios de sus hombres a que le dieran una paliza hasta dejarlo sangrando y desmayado. David a pesar de su odio no se sintió a gusto con los golpes que recibió William y le dijo a James que ya habían logrado su venganza y le solicitó que le permitieran regresarlo a su casa. El malvado James le respondió que no se preocupara; que ellos lo mantendrían unos días más en la mansión para curarle las heridas y luego lo dejarían libre.

James había cumplido con sus objetivos de separar a Eclipse y mantener secuestrado a William. Por lo que todo el camino estaba abierto para continuar con sus malvados planes de invadir toda la ciudad de asaltos, drogas y armas.

En poco tiempo la ciudad de Nueva York era un caos total; ni la policía, ni el ejército podían controlar la crisis por la que estaban viviendo y todos pedían a gritos la aparición de Eclipse.

Melissa, muy preocupada por la desaparición de William, comenzó a preguntarle frecuentemente a David sobre su novio y a reclamarle el ¿por qué no se unían para que Eclipse apareciera?. El súper héroe de la luna trató en todo momento de evadir las preguntas y de darle las respuestas que buscaba Melissa; pero las constantes súplicas y las lágrimas de la joven fueron ablandando su noble corazón. David a pesar de estar hechizado por los encantos de Jenifer, que lo mantenían inerte ante las malicias de James, recordó el inmenso amor que sentía hacía Melissa.

Las lágrimas de Melissa fueron las encargadas de hacer que el súper héroe de la luna despertara de su hechizo y al aclarar su mente, se dio cuenta de su error y de la necesidad urgente que tenía la ciudad de la aparición de Eclipse.

Sin pensarlo más, David se dirigió a la mansión de Jenifer sin ser esperado y utilizando sus poderes para ocultarse entró en la misma. Una vez en el interior el joven pudo ver que tan solo había sido utilizado por Jenifer y su supuesto hermano; pues ahí en medio de la sala se encontraban ambos, completamente desnudos, haciendo el amor.

David no solo sintió asco y repulsión hacía lo que sus ojos estaban viendo; sino también un intenso odio a si mismo. Paralizado ante la escena se preguntaba ¿cómo había caído en tal vil trampa?, ¿A qué tipo de monstruos estaba ayudando?. Pero ya no había tiempo para reflexiones; por lo que manteniéndose a ocultas de los hombres que vigilaban el lugar, se introdujo en la habitación donde se encontraba William y llevándose con él al súper héroe del sol, logró salir de la mansión.

Lejos de la mansión y en la claridad de la luz, David le explicó todo lo sucedido a William: como había caído tan tontamente en la trampa de James, como se encontraba la ciudad repleta de bandidos y como fue capaz de traicionar a Eclipse. A pesar de sentirse herido por la traición; el súper héroe del sol entendió que no había tiempo para reclamos y que la ciudad los necesitaba con urgencia.

Los súper héroes se unieron nuevamente y el ángel salvador de la ciudad reapareció como el ave fénix para luchar en contra de los bandidos que aterrorizaban las calles de Nueva York.

Eclipse junto con la policía y los militares, no se detuvieron de limpiar las calles de bandidos, armas y drogas; hasta que las autoridades volvieron a tener el control de la ciudad. Pero aún faltaba el bandido mayor, James.

Al enterarse James de la reaparición de Eclipse, se atrincheró en su cuartel general junto con

Jenifer y todos sus hombres; esperando que William y David se aparecieran en el lugar.

Eclipse no hizo esperar al malvado James y usando todo su poder fue golpeando, desarmando y encerrando a todos los hombres que se les enfrentaban; hasta llegar frente a frente a Jenifer y a su supuesto hermano.

Los dos jóvenes se separaron y Jenifer corrió a los brazos de David, suplicándole que los ayudara a enfrentarse a William. El súper héroe de la luna, curado de los hechizos de la joven, la apartó de su lado y le respondió que él sabía la clase de alimañas que eran ellos y que no les creía nada porqué los había visto con sus propios ojos, haciendo el amor en la sala de la mansión.

Jenifer al enterarse que había sido descubierta, agarró un cuchillo que tenía escondido en su espalda y se precipitó sobre David para apuñalarlo; pero el súper héroe anticipándose a su intención la empujo hacia James. El malvado diablo al ver que la joven había fallado en su intento; la sujetó fuertemente con un brazo por el cuello y diciéndole que ya no le servía para nada, le agarró la mano con el cuchillo y la apuñaló directamente en el corazón.

James mostró su verdadero rostro ante los jóvenes y sin dar tiempo a que los súper héroes pudieran reaccionar para unirse; comenzó a disparar con una ametralladora que ocultaba detrás de él. Afortunadamente para William y David las balas no los alcanzaron y luego de varios intentos lograron convertirse en Eclipse; quien utilizó todo su poder para desarmar y encarcelar al malvado James.

Tras el regreso de James a las rejas, todo fue aclarado. El doctor Gary Collins pudo recuperar su microchip del mal y ocultarlo lejos de manos que pudieran volver hacer un uso indebido del mismo.

William y David volvieron a retomar su trabajo de súper héroes y la ciudad de Nueva York a vivir en paz y tranquilidad. ¿Pero esta paz será duradera?, ¿Tendrán nuevos conflictos los súper héroes?. Las respuestas a estas interrogantes las obtendrán en el capítulo siguiente.

Invasión Extraterrestre

Eclipse había vuelto a retomar el control de las calles de la ciudad. Los residentes y turistas de Nueva York caminaban alegremente por las grandes y bellas avenidas sin temor a ser asaltados. El poder justiciero de los súper héroes hacía que los bandidos lo pensaran dos veces antes de cometer alguna fechoría.

Cuando la ciudad gozaba de una paz y tranquilidad inmejorable; inesperadamente William, David y Melissa fueron visitados, en la universidad, por agentes del gobierno, quienes les solicitaron amablemente que los acompañaran a una reunión con el secretario de estado.

Los tres jóvenes, curiosos por la visita, accedieron a la petición y fueron trasladados en helicópteros hacia una enorme mansión en las afueras de la ciudad.

Durante todo el trayecto los jóvenes hicieron muchas preguntas; pero las bocas de los agentes que los trasladaban estuvieron totalmente cerradas. El por qué de la misteriosa invitación, iba a ser solo revelado cuando estuvieran en presencia del representante del gobierno.

Una vez que arribaron a la mansión, fueron conducidos hacia una especie de salón que se hallaba ubicado en el piso superior. En el camino a la habitación la curiosidad de los jóvenes fue en aumento; ya que pudieron observar la presencia de muchas figuras conocidas de la política, la ciencia y el arte, y aún mayor cuando al entrar al salón y sentarse en una especie de mesa redonda, juntos con varias personalidades, el mismísimo secretario de estado le cedió la palabra a un anciano que se encontraba sentado justo a su lado.

Las palabras del anciano, primeramente, parecían salidas de una película de ciencia ficción; pero a medida que el orador fue avanzando en su discurso, el por qué de la presencia de los jóvenes fue dejando de ser un misterio para ellos.

El anciano les contó, que él y un grupo presentes en la mansión habían arribado al planeta tierra en una cápsula con tecnología tan avanzada, que les permitió viajar mucho más rápido que la velocidad de la luz sin ser desintegrados. Ellos fueron los pocos que habían podido escapar de la invasión de los Únicos.

Los Únicos eran unos seres que habitaban en otra galaxia lejana, quienes se hicieron el propósito de apoderarse de todos los planetas donde existiera vida inteligente y muchos años terrestres atrás atacaron al planeta del anciano; dándole muerte y esclavizando a la mayoría de sus habitantes.

Las tropas del planeta del anciano, llamado por sus pobladores Vampil, se defendió con todas sus fuerzas en contra de los invasores; pero el poder de los Únicos fue muy superior.

El anciano explicó que desde el mismo inicio de su arribo a la Tierra, en 1776, ellos ocultamente habían ayudado a los Estados Unidos al desarrollo de la ciencia y la tecnología en todas las esferas de la nación; colocándolos como el país más poderosa del planeta terrestre. Por eso los potentes radares que la NASA colocó, en el espacio exterior, en el año 2015, a ocultas de las demás naciones; detectaron, un año después, la presencia de una sonda espacial que transmitía información de los seres humanos a los Únicos. También esos radares fueron los que detectaron que una nave espacial de combate de los Únicos, arribaría a la tierra en aproximadamente seis meses.

El anciano prosiguió informando que ellos habían perdido su planeta debido a que no conocían a su enemigo y mirando fijamente a los ojos de los jóvenes, agregó que tampoco tenían a nadie capaz de vencerlos como sí contaban en la Tierra con Eclipse. Mientras que la palabra Eclipse salía de la boca del extraterrestre todos miraron a William y a David.

La primera reacción de William fue preguntarle al secretario de estado que, ¿Cómo sabían que ellos eran Eclipse?. El secretario de estado solo se sonrió y eso bastó para que el joven entendiera que había hecho una pregunta tonta.

El orador continuó diciendo que los Únicos eran unos seres de luz y energía que en su mundo era imposible vencerlos; pero al arribar a los planetas que iban a invadir, tenían que transformarse en seres semejantes a los que habitaban en el lugar para poder adaptarse a las condiciones atmosféricas existentes. Por lo que esa adaptación los hacían menos invencibles.

Los Únicos siempre enviaban una nave de ataque con doce miembros más el Capitán; la única de los invasores del género femenino y la más poderosa de todos ellos. Al arribar al planeta los doce descendían de la nave para atacar y apoderarse del mundo que invadían;

mientras que su Capitán esperaba pacientemente hasta que sus hombres derrotaran a los habitantes del lugar.

A pesar de transformarse en seres semejantes al planeta que invadían, los Únicos seguían siendo seres de luz y energía en su interior; debido a eso la artillería de los humanos eran inservibles y el armamento nuclear solo le daría mayor fuerza y poder a sus potentes armas, más poderosas aún que los rayos láser. También si los rivales de los Únicos mostraban fuerza y resistencia; ellos copiaban su poder, para combatirlos con sus propias armas.

Las palabras dichas por el anciano extra terrestre, dejaron a los tres jóvenes sumidos en una gran preocupación y con dos grandes preguntas: ¿cómo podrían vencer a los invencibles Únicos? y ¿por qué Melissa estaba presente. Estas visibles dudas serían aclaradas muy rápidamente por otro de los extraterrestre que había combatido a los Únicos y logró sobrevivir.

El nuevo orador comenzó diciendo que antes que Eclipse entrara en acción, tenían que esperar que los militares atacaran a los doce Únicos que bajarían de la nave. Luego que los militares fueran derrotados, un costo que la tierra tendría que pagar, William, David y Melissa esperarían a que el Capitán descendiera.

El Capitán solo bajaría cuando estuviera convencido de que el planeta invadido había sido vencido. Si los doce Únicos eran derrotados, el Capitán regresaba a su planeta en busca de refuerzos y continuaban la invasión con muchas más naves. De ahí la importancia de esperar a que el Capitán descendiera; ya que no podían permitir que su líder regresara a su planeta. Si la nave no regresaba, el gobierno de los Únicos daba por terminada la invasión; considerando que era un planeta con más poder que el suyo.

Una vez que el Capitán se uniera a su tropa, William y David atacarían sin convertirse en Eclipse a los doce Únicos; mientras que Melissa se tendría que medir con su líder. El plan era que los súper héroes lucharan por separado contra los doce; ya que los Únicos solamente podían adquirir el poder de sus rivales una vez y los jóvenes no se podían convertir en Eclipse hasta no vencerlos. Melissa tendría que combatir con el Capitán y hacer que éste tomara su poder y no el de William o David; debido a que si el líder de los invasores lograba copiar a uno de los dos jóvenes, les sería imposible derrotarlos.

El extraterrestre de Vampil había respondido a las preguntas de los jóvenes; pero estas a su vez trajeron nuevas dudas. William podía atacar a sus rivales mas no defenderse. David tan solo contaba con el poder de protegerse y Melissa no podía ni atacar, ni defenderse y para colmo no tenía ningún tipo de experiencia en combate.

Las nuevas dudas también serían aclaradas por el Vampil, quien les dijo que el sol y la luna les habían regalado muchos más poderes de los que ellos se imaginaban. William poseía en su brazo izquierdo un escudo de luz en forma de abanico que era impenetrable; mientras que David en su mano derecha tenía un látigo de sombra negra tan poderoso como las armas de los Únicos. A Melissa le sería regalado el gran secreto de los habitantes de Vampil.

William y David solo tenían que practicar durante los seis meses para descubrir como obtener esos poderes y utilizarlos a la perfección; debido a que su ventaja sobre los Únicos, cuando estos copiaran sus dones, iba a ser que ellos los dominaran mejor.

Antes de decir el poder que los Vampil le darían a Melissa; el anciano extraterrestre tomando de nuevo la palabra, contó que ellos eran habitantes parecido a lo que los humanos conocían como vampiros, quienes eran casi inmortales, muy fuertes y con grandes habilidades en la lucha y en el uso de distintos armamentos. Pero para transmitirle todo ese poder a Melissa, tendría que ser mordida por uno de ellos hasta que su sangre quedara infestada.

William y David que habían permanecido atentos a las palabras del anciano, saltaron de sus asientos y casi al unísono se negaron a la propuesta del Vampil. Por su parte Melissa, interrumpiendo a los súper héroes, le solicitó más información al anciano.

La proposición de que Melissa se enfrentara al Capitán, fue pensada ya que nadie como ella, que amaba tanto a su novio y a su amigo, enfrentaría a su rival y se mantendría en la lucha hasta que los jóvenes pudieran vencer a los doce Únicos. A su vez William y David tendrían una motivación extra para acabar con los Únicos más rápidamente; porqué tendrían que ayudar a Melissa a combatir al Capitán antes que éste la venciera.

Melissa tenía que tomar una decisión. El convertirse en vampira le daría la oportunidad de combatir al lado de su novio y su amigo y de salvar o morir por sus vidas; pero a la misma vez tendría que vivir el resto de su existencia bajo la nueva condición.

La valiente joven no lo pensó dos veces y poniendo por encima el amor a su novio, a su amigo y a la rasa humana; aceptó la proposición del anciano.

Dicho, aclarado y aceptado todo en la reunión de la mansión; solo quedaba que los súper héroes comenzaran a trabajar para encontrar y perfeccionar sus nuevos poderes y que Melissa fuera convertida en vampira. Para todo ese proceso los jóvenes fueron llevado en completa discreción a un cuartel militar de máxima seguridad.

Convertir a Melissa en vampira no fue un proceso tan simple; ya que la joven, luego de ser infestada, tuvo que permanecer por una semana a oscuras, encerrada y amarrada en una habitación, para que no recibiera la luz solar y pudiera vencer la sed por la sangre. Durante todo ese tiempo la joven solo tuvo la compañía de David; quien con su poder de la oscuridad la cuidaba y la alimentaba. Mientras que William constantemente daba vueltas por las afuera de la habitación.

Faltando solamente dos días para que Melissa dominara la transformación, en un descuido de David, la joven logró escaparse de su encierro. Tres guardias que la vieron al salir, quisieron enfrentarla para devolverla a la habitación; pero la fuerza, la velocidad y la destreza de la nueva vampira era increíble. La joven golpeó tan fuertemente a los guardias que los dejó inconcientes en el suelo y ya iba a morder a uno de ellos; cuando William en una de sus vueltas alcanzó a verla.

El súper héroe del sol, que sabía que si Melissa mordía a alguien no podría controlar jamás la sed por la sangre, se precipitó sobre ella para tratar de golpearla levemente con su poder de la mano derecha. La joven logró esquivar a su novio y trató de morderlo en su brazo izquierdo; pero éste de manera intuitiva hizo un movimiento de defensa y súbitamente apareció su escudo protector de luz, que lanzó a la vampira varios metros atrás desmayada.

Melissa fue devuelta a la habitación, a los cuidados de David y a la culminación de su proceso de transformación en vampira. La oportuna aparición de William, no solo salvó a su novia y a la tierra de un desastre mayor; sino también sirvió para que el súper héroe del sol descubriera otro de sus maravillosos poderes.

Dos días después, por fin Melissa logró completar su metamorfosis y estaba lista para realizar su entrenamiento que la convertiría en una fuerte contrincante para cualquier rival. La joven en su nueva etapa podía controlar la sed por la sangre, la luz solar y tanto su mente como su fuerza se habían desarrollado grandemente.

Los tres jóvenes comenzaron un intenso entrenamiento militar donde pudieron multiplicar sus grandiosas habilidades. Melissa fue entrenada por varios de los Vampil; Mientras que William y David trataban de emplearse al máximo con sus poderes. William empezó a dominar a gran perfección su ataque y su nueva defensa; mientras que David se impacientaba porqué no podía descubrir como hacer aparecer a su látigo de sombra.

Los días, las semanas y los meses fueron pasando y David aún no encontraba su arma de ataque. Faltando tan solo una semana, William comenzó también a impacientarse y debido a esto tuvo una fuerte discusión con David; al punto de agredirlo varias veces con su brazo derecho. El súper héroe de la luna solamente pudo defenderse del ataque y esto lo hizo enfurecerse tanto, que inconscientemente realizó un movimiento con su brazo derecho y por fin apareció su látigo de sombra.

La alegría de los súper héroes fue tanta; que se olvidaron del conflicto y se pusieron a entrenar para que David y Eclipse pudieran dominar su nueva arma de ataque.

Días después, tal como había pronosticado el anciano Vampil, la nave de los Únicos llegó al planeta tierra en la fecha señalado y aterrizó en el medio de la plaza del Times Square de Nueva York. Gracias a la información de los radares que la NASA instaló con la ayuda de los Vampil; la fecha y el lugar de aterrizaje de los Únicos pudo ser previsto con tiempo, permitiendo que la población fuera evacuada y el ejército estuviera preparado para el ataque.

Una vez que los doce Únicos descendieron de la nave, comenzó la ofensiva de los militares a los extraterrestres. Todo tipo de armamento de nueva generación fue empleada para el ataque: tanques, aviones, camiones blindados, artillería pesada, entre otros, ejecutaron una gran ofensiva sobre los recién llegados. Pero como dijeron los Vampil; ninguno de los armamentos de la tierra pudo hacer nada ante la fuerza y los poderes de los doce Únicos, quienes tenían una defensa impenetrable y un ataque brutal.

El ejército terrestre fue derrotado y doblegado fácilmente en corto tiempo y el Capitán de los Únicos, dando por hecho la victoria, descendió de la nave. William, David y Melissa, que se mantuvieron a ocultas en espera de que el Capitán se reuniera con sus hombres; salieron de su refugio decididos a enfrentar y a derrotar a los invasores extraterrestres.

Los doce Únicos fueron sorprendidos por el ataque de los súper héroes y su Capitán por la furia de Melissa, quien hizo retroceder a la líder; apartándola del resto de sus hombres. Rápidamente William y David aniquilaron a Cuatro de los Únicos; mientras que Melissa se las ingeniaba para acorralar a su Capitán.

Los Únicos, que quedaron en combate se vieron obligados a copiar los poderes de William y David; pero el líder de los invasores resistía firmemente el ataque de Melissa.

La lucha se intensificaba por segundos y los Únicos a pesar de su dura resistencia iban cayendo poco a poco. Por su parte Melissa haciendo uso de todas sus habilidades; golpeó tan fuertemente a su rival que no tuvo más remedio que copiar el poder de la joven.

Melissa logró su objetivo; pero su último ataque había debilitado sus fuerzas y comenzó a ser vulnerable a los golpes del Capitán, quien enfurecida casi la destrozaba.

William y David tuvieron que esforzarse al máximo para eliminar a los dos últimos Únicos e ir al rescate de la casi moribunda Melissa . Los súper héroes, que no se habían convertido en Eclipse para que sus rivales no pudieran copiar ese poder, se unieron y salvando a Melissa de una muerte segura; detuvieron el ataque del Capitán y se enfrentaron al último de los Únicos.

El combate final fue histórico y duró más de una hora; hasta que los poderes del sol y la luna vencieron la resistencia del Capitán de los extraterrestre. La Tierra y los seres humanos fueron salvados de una posible sumisión.

Finalizada la lucha, la nave y los armamentos de los Únicos fueron llevados hacia una zona militar y en corto tiempo desechados como inservibles; debido a que sus códigos para hacerlos funcionar, eran indescifrables para los humanos y los Vampil.

En poco tiempo Nueva York y su Times Square fueron reconstruidos. La ciudad volvió a su ritmo habitual y los jóvenes acompañados de la nueva Melissa, retomaron sus estudios y su actividad como súper héroes.

El regreso del general Tony Taylor.

La invasión de los extraterrestres poco a poco fue siendo olvidada por los pobladores de la tierra y en especial por los habitantes de Nueva York. Pero la envidia por los súper héroes, de muchos de los militares de alto rango, fue en aumento.

Uno de los coroneles que estuvo bajo el mando del general Tony Taylor, llamado Henry Foster, odiaba a muerte a los súper héroes y ambicionaba tener el poder militar en los Estados Unidos.

Henry logró colocar dentro de los científicos que investigaban los armamentos y la nave de los Únicos, a uno de sus más fieles oficiales; para que le informara sobre cualquier tipo de descubrimiento que le fuera útil en sus ambiciosos sueños.

El astuto oficial entabló una falsa amistad con el jefe de los científicos; quien en una ocasión, bajo los efectos del alcohol, le contó al espía que habían logrado extraer de la nave extraterrestre, un material con un poder insólito de adhesión. Ese material sería trasladado por vía terrestre a un centro de elaboración militar; con el objetivo de confeccionar cientos de nuevos uniformes, que les permitieran a los soldados americanos poder escalar fácilmente cualquier tipo de superficie.

El espía informó a su jefe todo lo concerniente al material adhesivo y la fecha y hora exacta del traslado del mismo. El coronel vio en esa información la oportunidad deseada de comenzar la lucha contra los súper héroes y de su ascenso hacia el poder.

Henry, junto con algunos de sus oficiales idearon un plan para apoderarse, durante su traslado, del material extraído de la nave. El material fue robado y dirigido hacia un lugar oculto; donde se confeccionaron cientos de trajes similares a los del hombre araña, con aditamentos especiales, que les permitían planear y disparar en el aire.

El robo fue el primer paso en el plan ideado por el coronel y sus aleados. Henry sabía que el nuevo armamento no iba a ser suficiente para enfrentar a William y a David; por lo que para continuar con sus propósitos, necesitaba la fórmula utilizada por el general Tony Taylor, que transformó a los soldados en Hércules.

Los nuevos hombres arañas, bajo las ordenes de su coronel, invadieron la prisión de alta seguridad donde se encontraba el general Tony y gracias a la utilización de sus nuevos armamentos pudieron liberar fácilmente al encarcelado.

Reunido los viejos amigos y con un mismo objetivo, destruir a los súper héroes, idearon una gran estrategia para librarse de sus poderosos enemigos y tomar el tan ansiado poder militar de los Estados Unidos.

La noticia de la fuga del general Tony y la aparición de los hombres arañas, corrió como pólvora entre los militares; hasta llegar a los oídos del alto mando del ejército norteamericano.

Los principales asesores militares del país se reunieron y tomaron la decisión de solicitar la ayuda de William y David, para lograr la recaptura del general y combatir a sus libertadores.

Los súper héroes desconocían todo lo que había sucedido. Pero una vez enterados de la fuga de su viejo rival; accedieron rápidamente a colaborar con los militares.

Henry, que también había logrado introducir un espía en el alto mando del ejército, fue informado que estos tomaron la decisión de solicitarle ayuda a los súper héroes y que la petición fue aceptada por los jóvenes.

Tony y el coronel sabían que ni con el poder de los Hércules, ni con el de los hombres arañas podían vencer a los súper poderes de los jóvenes. Por eso idearon un plan perfecto para que William y David no se pudieran unir y así por separados cayeran en dos trampas construidas de titanio y estaño derretido; un material más resistente que el propio diamante. Las trampas o jaulas perfectamente ocultas, además de su dureza estaban habilitadas con un gas que permitiría mantenerlos dormidos por largas horas.

Los hombres arañas y los Hércules aparecieron en polos opuestos de la ciudad, asaltando y fingiendo estar robando los comercios de esas zonas. La noticia llegó rápidamente a los jóvenes, quienes se dividieron para enfrentar a los falsos asaltantes sin saber que todo era una estrategia trazado por el general Tony y el coronel Henry.

Al arribar los súper héroes a los lugares donde se encontraban los hombres arañas y los Hércules; estos en vez de enfrentarlos comenzaron a retirarse hacia el sitio en que estaban ocultas las jaulas. Los jóvenes sin sospechar nada persiguieron a los falsos asaltantes y sin darse cuenta cayeron en las trampas.

Rápidamente, aprovechando que los héroes estaban inconcientes, las jaulas fueron trasladadas hacia el puerto marítimo. Allí aguardaban dos embarcaciones, una con destino al polo norte y la otra al polo sur, para que las bajas temperaturas y el hielo se encargaran de los cuerpos encerrados y adormecidos de los súper héroes.

El plan de los ambiciosos oficiales había salido a la perfección. Por lo que pensando que ya no existía otra fuerza que les pudiera hacer frente; ordenaron a sus arañas y a sus Hércules a invadir y a apoderarse de las principales bases militares del país. Una vez logrado el control militar; Tony y Henry exigieron a la presidencia del gobierno el poder absoluto del ejército de los Estados Unidos.

El gobierno no tuvo más remedio que pactar con los ambiciosos oficiales; quienes disfrutaban de sus logros alcanzados. Pero sus triunfos iban a comenzar a tener graves tropiezo.

Melissa comenzó a preocuparse por los sucesos que estaban ocurriendo en la ciudad y sobre todo por la desaparición de William y David. Una vez que obtuvo alguna información sobre la aparición de los hombres arañas y la reaparición de los Hércules; se dirigió en busca del anciano Vampil para que la ayudara a combatir a estos y a encontrar a los súper héroes.

El viejo Vampil no quería que su raza saliera a la luz, ni involucrarse en los problemas de los humanos; pero la deuda tan grande que tenían con los tres jóvenes lo obligaba a no dejarlos desamparados. Por ese último motivo el anciano extraterrestre hizo llamar a Ivy para que ayudara a melissa en su lucha. Ivy era una hermosa vampil muy hábil en el uso de las armas, con una gran fuerza y destreza como todos los vampiros y con el poder de convertirse en tres seres: en un gigante, en una especie de demonio femenino con alas y en una mezcla de samurai o ninja con habilidades extraordinarias. Ese maravilloso poder fue heredado de sus ancestros; quienes lo recibieron a su vez de unas extrañas partículas cósmicas caídas en el planeta Vampil.

Melissa aceptó la ayuda ofrecida y junto a su nueva compañera de lucha partió en busca del general Tony y el coronel Henry.

Las magnificas jóvenes, apoyadas en sus poderes, fueron atacando y liberando las bases militares en manos de los hombres arañas y los Hércules. En poco tiempo el poder militar fue devuelto al gobierno y las valientes vampiras con sus asombrosas habilidades hicieron refugiarse, en su cuartel principal, al general y sus aleados.

A pesar de las prontas victorias logradas; Melissa estaba sumamente preocupada por no haber obtenido ninguna información sobre el paradero de su novio y su amigo. Por esa razón, temiendo no encontrarlos con vida, se apresuró junto con Ivy a atacar el cuartel donde se atrincheraron los oficiales.

Tony y Henry, quienes pensaron que una vez se deshicieran de los súper héroes no tendrían ninguna otra resistencia; no entendían cómo fue posible la aparición de éstas nuevas e increíbles jóvenes con esos asombrosos poderes.

Las extraordinarias jóvenes no querían dar tregua y sin perder tiempo se lanzaron al ataque del cuartel de sus enemigos. Ivy con su maravilloso poder se enfrentó a más de cien hombres arañas y Hércules; mientras que Melissa por su parte combatió contra el general y el coronel.

Ivy transformada en sus tres poderosos guerreros poco a poco fue reduciendo el número de sus rivales hasta no dejar ninguno en pie. El poder de la Vampil fue muy superior al de las arañas y los Hércules.

Por su parte, Tony y Henry no se iban a entregar tan fácilmente y convertidos en una súper araña y un súper Hércules, arremetieron con todas sus fuerzas en contra de su oponente. La transformación de Melissa en vampira le había dado una impresionante fuerza y su batalla en contra del Capitán de los Únicos un gran valor y unas enormes habilidades; que sin duda alguna hicieron que sus rivales cayeran ante su ímpetu.

Una vez derrotados los oficiales y sus hombres, Melissa e Ivy trataron de sacarles información sobre el paradero de William y David; pero estos se negaron a darles cualquier tipo de detalle e incluso el general Tony, de forma sarcástica, les dijo que jamás volverían a saber de Eclipse.

Tony junto al coronel Henry fue conducido hacia una nueva prisión de máxima seguridad de donde nunca volverían a salir.

Melissa a pesar de haber derrotados a los malvados oficiales, sentía una gran angustia al no

saber nada de los súper héroes de la luna y el sol;
quienes aún navegaban inconcientemente, uno al
polo norte y el otro al polo sur.

CONTINUARÁ.